MÉMOIRES

D'UNE

HONNETE FEMME.

SECONDE PARTIE.

DESESPÉRÉE & mourante, j'arrivai après un quart d'heure de marche au *Bon - Pasteur*, séjour odieux où l'innocence est confondue avec le crime ; l'exempt de l'escouade qui m'avoit accompagnée, remit à la supérieure de cette maison une lettre de cachet ; je frémis quand j'entendis prononcer mon nom ; jusques - là j'avois pu me persuader que le caprice ou la jalousie du *comte*, me réléguoit dans un cloître, où son projet étoit que je paffaffe mes jours, mais l'ordre du roi, le nom de fes miniftres me firent naître d'autres idées, & je m'imaginai que quelque ennemi fecret m'avoit noircie dans le cœur de mon époux.

Une des filles de cette maifon me conduifit dans une chambre obfcure, & me fit fentir avec beaucoup de dureté, qu'elle étoit d'une complaifance extraordinaire. *Bernon*, qui fembloit accablée fous le poids de mes malheurs, demanda la fupérieure, mais on lui fit entendre qu'une grace pareille s'accordoit difficilement, & je fus forcée d'effuyer tous les mauvais traitements auxquels le libertinage eft expofée dans ces fortes de maifons.

Je me rappellai en vain la conduite que j'avois tenue pendant mon féjour à *Paris*; je n'avois aimé que le *vicomte*? la préfidente d'*Obricourt* avoit été la feule qui fut informée de mes fentiments pour *Sanville*, & peut-être fa propre tranquillité l'avoit engagée à me trahir; idée fauffe qui tomboit d'elle-même, quand je réfléchiffois que le roi étant alors à *Villers-Cotteret*, dans la maifon de ce grand prince, l'ami des arts & le foutien de l'état, mon mari n'avoit pu

MÉMOIRES

D'UNE

HONNÊTE FEMME,

ÉCRITS

PAR ELLE MÊME,

ET PUBLIÉS

Par M. DE CHEVRIER.

Il en est jusqu'à trois que je pourrois citer.
D'Esp. Sat. des F.

SECONDE PARTIE.

A LONDRES.

M. DCC. LXXIV.

obtenir dans fix heures la lettre de cachet qu'on avoit remife au *Bon-pafteur,*
& qui d'ailleurs m'avoit parue datée de
la veille. Que faire? que penfer? l'in-
fenfibilité & le défefpoir m'alarmoient
également. Souffrir mes maux avec indifférence, c'étoit afficher un ftoïcifme
dont mon cœur n'étoit pas capable de
foutenir l'idée ; me livrer aux fureurs
qui fuivent ordinairement une douleur
violente & inattendue, c'étoit chercher
une confolation dans l'excès de maux.
Bernon employa vainement tous fes foins
pour remettre le calme dans mon ame
agitée ; incertaine, je paffois avec une
rapidité égale, du trouble à la fureur,
& de la fureur à la crainte. Ma femme
de chambre alarmée de cet état, exigea
que je me couchaffe ; je me rendis à fes
inftances, mais je n'en fus pas plus heureufe ; des fonges lugubres vinrent dé-
ranger mon fommeil, & je paffai la nuit
la plus affreufe ; le jour ne fut pas plus
heureux pour moi, confondue avec
toutes ces femmes dont le crime gravé
fur leur front, annonce l'infamie, on
me crut auffi coupable qu'elles, & je
fus contrainte de mener le même train
de vie ; j'étois, à la priere publique,

appuyée fur *Bernon*, qui n'avoit d'autre
foin que d'effuyer mes larmes, quand
une jeune perfonne qui vit que je me
trouvois mal, vint m'offrir fes fecours.
Quelle fut ma furprife de reconnoître la
mere *Sophie*! cette même religieufe à
laquelle j'avois été attachée aux *Urfeli-*
nes de *Dijon*, *Sophie* éperdue, tomba
entre les bras de *Bernon*, je ne revins
de mon évanouiffement, que pour la
tirer de celui dans lequel elle étoit; je
la rappelai par mes fecours à une vie
que nous aurions été heureufes de perdre
alors. Occupées à nous arrofer mutuel-
lement de nos larmes, nous eûmes la
confolation d'intéreffer les témoins de
ce fpectacle touchant; la fupérieure
même, informée que *Sophie* méritoit
par fa naiffance une forte de confidéra-
tion, quitta la dureté attachée à fon
état, & permit au fortir de la priere,
que nous nous entretinffions enfemble.
Arrivées dans ma cellule, mon premier
foin fut de calmer les inquiétudes de
Sophie, en lui annonçant que vertueufe
encore, je ne devois l'ignominie, à
laquelle j'étois expofée, qu'à la rage
d'un mari infenfé, ou à la fureur de mes
ennemis; en effet, je cherchois en vain

le motif de cette retraite indigne ; inflexible pour moi-même, je me jugeois
à la rigueur, mais je ne trouvois que le
comte de coupable.

Sophie, l'infortunée *Sophie*, me rap-
pela, en gémissant, la promesse qu'elle
m'avoit faite, il y avoit deux ans, de
me raconter les événements finistres de
fa vie, croyois-je alors, s'écria-t-elle,
en se jetant dans mes bras, que je m'en
acquitterois dans cette demeure affreuse?
quel destin odieux m'a traînée dans ce
cachot ? fuis-je coupable ? ou mes parents sont-il criminels ? jugez-moi,
Madame, mais que l'amitié ne prononce
point ; l'innocence n'a pas besoin de
l'appui de la prévention.

HISTOIRE
DE SOPHIE.

MONSIEUR *de Verbois*, mon pere, étoit grand *sénéchal de Beaune*, deux freres & moi formions toute sa famille, veuf à trente ans, notre éducation fut confiée à une vieille gouvernante, c'est-à-dire, que nous fûmes très-mal élevés ; mon pere qui n'avoit jamais aimé sa femme, ne sentit point pour ses enfants cette tendresse que le sang & la nature doivent inspirer : du moins le chevalier de *Verbois* & moi, fûmes les victimes de son indifférence ; l'ainé parut seul jouir de son amitié, avantage heureux, plus précieux à mon cœur qu'une vaine fortune que je ne lui enviois point! Mon frere cadet, que j'ai nommé le *chevalier*, porté dès l'âge de cinq ans dans la maison d'un curé de campagne, où, sous le prétexte de l'instruire, on travailla à l'oublier, ne reparut plus à la maison paternelle; époque funeste qui entraîna les malheurs de ma vie. Seule avec le baron de *Verbois* (c'étoit mon frere ainé) je me flattois de partager le cœur de mon pere, mais mon espoir étoit frivole; la nature chez lui étoit muete, c'étoit moins la tendresse que la vanité qui le portoit à regarder mon frere avec plus de bienveillance: les ainés de famille, à qui le soin de soutenir l'éclat des maisons est confié, profitent souvent de la fortune de leur pere, sans avoir joui de leur amour. Le *baron*, que M. de *Verbois* vouloit revêtir de sa charge, fut élevé aussi-bien qu'on peut l'être dans une petite ville de province; il eut un précepteur plein de probité & de bêtise; mon frere prit l'esprit de son maître, & le *baron* a toujours été le plus vertueux, le plus dur & le plus stupide de tous les hommes: qualités préférables à un esprit brillant & corrompu! Esclave de ma gouvernante, je ne pensois que par elle, peut-être même me serois je toujours assujettie à ce maître, si un fier tyran n'eût usurpé ses droits. Le

jeune d'*Argis* , c'eſt ainſi qu'on nomme
celui qui fit le premier connoître l'amour
à mon cœur , triompha de mes ſentiments : & me fit oublier les préceptes
de ma *duegne* : accoutumée à voir d'*Argis* chez une de ſes parentes , qui étoit
mon amie intime, je me fis une néceſſité
de ce plaiſir , & mon cœur ſéparé de
l'objet de ſes vœux , étoit en proie aux
alarmes ; jugez par mes ſentiments de
ceux de d'*Argis* ; plus épris que moi-
même , il ſembloit ne vivre que pour
m'aimer , & ſon amour pur & reſpec-
tueux ne tendoit qu'à le rendre heureux,
en faiſant le bonheur de mes jours.
D'Argis étoit le fils unique d'un négociant qui jouiſſoit, avec une fortune
brillante , de la réputation rare d'honnête homme : ſon bien qui pouvoit le
raprocher de moi, l'enhardit à ſolliciter
ſon pere à demander ma main : d'*Argis*
aimoit ſon fils, & la démarche qu'il ſou-
haitoit eut lieu ; le *ſénéchal*, outré de la
prétendue témérité du négociant , mé-
priſa ſa recherche , & me déclara qu'il
ne falloit pas que je ſongeaſſe à me ma-
rier. Ignorez-vous , me dit M. de *Verbois* , que chez nous autres gens de con-
dition, les cadets doivent être ſacrifiés à

l'ainé ? le *chevalier* qui n'a pas beaucoup
d'efprit fera abbé , un peu de fauffeté &
d'intrigue fuppléera au mérite ; pour
vous qui, de tous les états de la vie ,
n'en avez qu'un à prendre , vous favez
que le couvent eft votre patrimoine ,
mais comme je fuis un bon pere, je
vous laiffe le choix du monaftere ; le
cloître, indépendamment de la néceffité
qui vous y attache , eft le feul parti qui
vous convienne , & vous y ferez un
grand chemin , fi les religieufes ont
toujours le même goût pour le babil &
la curiofité. J'imputai ce trait de critique au peu de tendreffe de mon pere,
& je lui affurai, en pleurant que , fou-
mife à fes ordres abfolus, je n'attendois
que l'inftant de les exécuter. Mon départ pour *Dijon* , où l'on devoit me
conduire, malgré le choix qu'on m'avoit
laiffé , fut fixé au lendemain ; d'*Argis* ,
qui en fut informé par fa parente à qui
j'avois été faire mes adieux , ne prit
confeil que de fon amour , & livré tout
entier à la violence de fa paffion , il
forma une réfolution qui , juftifiant la
tendreffe de fes fentiments, devoit faire
le malheur de fon amante ; un laquais
de mon pere qu'il avoit gagné , lui

facilita l'entrée de la maison ; caché
dans l'armoire d'une chambre, où j'avois
coutume de me retirer pour régler la
dépense de la maison, il attendit l'instant que j'y fuſſe arrivée, & ſe jetant à
mes genoux, il me peignit, avec les
couleurs les plus vives, la tyrannie du
ſénéchal, l'horreur du cloître, & l'excès
de ſon amour. Son diſcours qui n'avoit
fait que trop d'impreſſions ſur mon
cœur, fut terminé par un mariage clan-
deſtin qu'il me propoſa. Malgré l'excès
de mon amour, je rejetai ce projet avec
indignation. Quoi, lui dis-je ! ſeriez-
vous aſſez bas pour ſouffrir que, livrée
aux erreurs d'une paſſion dangereuſe, je
cherchaſſe, dans un nœud ſecret, l'ignominie qui ſuit le crime ? je vous aime,
d'*Argis*, & j'oſe l'avouer ; mais ſi, pour
vous rendre heureux, il falloit ſacrifier
les bienſéances, je ſaurois en impoſer à
mon cœur, ou s'il vouloit devenir le
maître, j'immolerois ſans crainte une
vie odieuſe ; aimons-nous, mais qu'une
conduite criminelle ne nous faſſe point
rougir de nos feux !... Aimons-nous,
reprit d'*Argis* ? ingrate ! qu'oſez-vous
dire ? ſéparée demain pour toujours de
l'amant le plus tendre, penſerez-vous

à moi dans votre folitude ? & quand vous
pourriez me juftifier que je vous occu-
perois uniquement, que retirerai-je d'un
fentiment infructueux ? les regrets, le
fupplice de vos jours & des miens , en
feroient les feuls fruits ; croyez-moi,
chere *Sophie* , ajouta t-il en ferrant tendrement mes mains, qu'il baignoit de fes
larmes, fuyez avec moi ; une démarche
fufpecte eft rectifiée par une union facrée, c'eft à ce prix feul que je veux
vous poffeder ; c'en eft trop , repartis-je,
connoiffez moi mieux, d'*Argis*, &
fachez que je ne fuis point de ces filles
qui, voulant fe faire illufion fur une
conduite hafardée cherchent dans l'avenir une excufe aux dangers préfents ;
tout enlevement eft criminel ; celle qui
s'y livre n'a jamais connu que l'ombre
de la vertu ; toute à fon penchant , elle
n'a diftingué, pour le fatisfaire , ni le
crime, ni les moyens permis, envain un
mariage autorifé vient paffer l'éponge
fur fa démarche, les premieres impref-
fions demeurent, & l'Europe de nos
jours décide du refte de notre vie ; eft-ce
injuftice ? eft-ce raifon ? non c'eft un
préjugé reçu, & les préjugés font les
tyrans de l'homme.

D'*Argis* se leva en me jetant un regard furieux & sortit ; le *sénéchal*, qui ne l'avoit pas vu descendre, monta dans mon appartement ; il m'annonça que ses ordres étant donnés, pour partir demain à la pointe du jour, il falloit que je me retirasse de bonne heure. L'envie que j'avois de cacher mon trouble, me fit saisir ce conseil avec avidité; & toute occupée de d'*Argis*, je passai la nuit à douter si la démarche qu'il venoit de faire ne devoit pas l'éloigner de mon cœur ; le jour parut, je montai en chaise avec mon pere, qui vouloit lui même me remettre entre les mains de la supérieure du monastere qu'il avoit choisi ; impatiente de dévorer mes chagrins au fond du cloître que je détestois, cependant je demandois à chaque instant si nous arrivions bientôt, mais le destin qui me poursuivoit, avoit résolu qu'avant mon entrée au couvent, je passerois par des épreuves cruelles ; nous sortions à peine de *nuit*, quand, pour racourcir notre route, nous prîmes le chemin d'un bois qui est à gauche de la chaussée: il y avoit une demi-heure que nous marchions dans cette forêt, lorsqu'un homme à cheval & masqué,

tira à quinze pas de notre chaife, un
un coup de piftolet au cocher qui tomba
fans vie, ce fut le fignal de l'effroi,
cinq hommes dans le même équipage
que le premier, nous entourerent ;
mon pere les prit pour des voleurs,
leur offrit fa bourfe, un d'eux s'en fai-
fit, mais un camarade, indigné fans
doute de cette action, lui brûla la cer-
velle à l'inftant, & rendit l'argent au
fénéchal ; revenu de fa premiere idée,
M. de *Verbois* qui ne doutoit plus que ces
hommes ne fuffent que des raviffeurs,
leur demanda ce qu'ils fouhaitoient ;
votre fille, répondit un d'eux, je l'aime,
je veux l'époufer, confentez à mon
bonheur, où renoncez à la vie; l'alternative alarma l'auteur de mes jours ;
mais j'ofe le dire ; auffi fenfible à la
vie qu'à l'honneur de fa fille, il répondit qu'il alloit me livrer, pourvu que
j'y confentiffe : il connoiffoit mes fentiments : d'*Argis* qui crut fon bonheur
affuré fe démafqua, mais indigné de la
baffeffe de fon action, je lui déclarai
que, quand même mon pere ne vou-
droit point rifquer fes jours pour fauver
ma vertu, je me verrois immolé avant
que de la perdre. D'*Argis* qui ne fe

ne se laissoit guider que par une fureur
opiniâtre , me fit descendre le pistolet
à la main de ma chaise , tandis qu'un de
ses complices suivoit le *sénéchal* avec
les mêmes précautions ; enfermés tous
les deux dans une caverne obscure , j'a-
vois pris vingt fois la résolution d'atten-
ter à mes jours , si l'espoir de sauver
mon pere ne m'eût arrêté.

Après une heure de séjour dans cette
demeure affreuse, les ministres du crime
de d'*Argis* nous traînerent dans l'endroit
le plus épais de la forêt , & là j'appris
la sentence odieuse que le plus infâme
& le plus abominable des hommes venoit de prononcer. Pardonne , ô ciel !
si j'ai pu aimer d'*Argis* , je le croyois
vertueux ; ces brigans , qui , en partageant la fureur de l'auteur du complot ,
avoient pris ses sentiments , venoient de
déterminer que je ne pouvois sauver les
jours de mon pere , qu'en me livrant.....
Ah , Dieu ! continua *Sophie* , d'une voix
basse , la douleur me suffoque , & la
respiration qui me manque , ne me per-
met point de vous achever le recit funeste d'un événement dont je frémis
encore. .... A ces mots *Sophie* immobile
eut besoin de mes secours pour être rap-

pelée à la vie ; revenue déjà de son évanouiffement , elle alloit continuer le
détail d'une hiftoire qui m'intéreffoit ,
quand une religieufe vint lui dire que
la fupérieure la demandoit ; *Sophie* me
promit à la premiere entrevue la fin de
fes triftes aventures.

Il y avoit déjà trois jours que je
n'avois vu *Sophie* ; & qu'en proie à mes
douleurs, j'aurois defiré que la religion,
d'accord avec mes fentiments , m'eût
permis de mettre un terme à ma vie.
Bernon vouloit en vain me confoler , en
me rapprochant de ma malheureufe
ami ; mais la crainte que j'avois de
trouver *Sophie* coupable, l'idée où j'étois
qu'elle avoit immolé l'honneur à la
nature , écartoit la confolation qui auroit pu naître du rapport de notre fituation ; j'étois dans cet état d'inquiétude ,
quand on vint m'avertir qu'une Dame
me demandoit au parloir : quoi donc
m'écriai-je ! ferois-je affez heureufe pour
m'entretenir avec quelqu'un ? Avec
toute la terre , répondit la religieufe ,
quand on aura, comme cette Dame ,
un billet de votre époux. Je defcendis
avec l'efpoir d'embraffer la *préfidente* ;
mais que vis-je , jufte ciel ! La baronne

de *Verman* éplorée, venoit irriter mes douleurs : eſt-ce bien vous, ma chere fille, eſt-ce vous, *Julie*, que je vois dans cet état ; opprobre de mon ſang, avez-vous juré de me porter le dernier coup ? Senſible à ce reproche cruel, je n'y répondis que par un torrent de larmes ; on a beau dire que l'innoncence eſt tranquille, je n'étois point coupable, & je tremblois cependant. La baronne touchée de mon état croyoit que mes pleurs venoient du repentir, & voulant me ramener à la vertu, elle me repréſenta le chevalier de *Pervaux*, comme un monſtre odieux que je n'avois pu aimer ſans me déshonorer ; pourquoi nommez-vous, repris-je, ce ſcélérat ? & qu'a-t-il de commun avec la barbarie de mon époux ? Je conçois, repartit Madame de *Verman*, que vous devez le haïr, puiſque ſon indiſcrétion vous perd ; mais le *comte* n'eſt pas moins autoriſé dans la conduite qu'il a tenue avec vous ; un mari mépriſé ſe vange, & le nombre de ceux qui ſont dans ce cas eſt ſi grand, que l'acteur a toujours raiſon, les femmes même les plus coupables s'élevant contre le crime, déclament contre celles qui les imitent : mais encore un coup, repris-je, que peut avoir de commun ce *Pervaux* avec la circonstance présente ? Il vous a trahi, vous dis-je, & le *comte* a maintenant entre les mains votte lettre qu'il a eu la noirceur de lui remettre ; une lettre de moi, m'écriai-je, avec cette vivacité que donne l'innocence, une lettre de moi, ce scélérat est un imposteur que je puis confondre ; j'ignore s'il a eu l'art d'imiter mon caractere, mais je proteste par tout ce que les cieux & la terre ont de plus sacré que je n'ai jamais écrit à cet infame ; je vous aime, ma fille, repartit la baronne de *Verman*, & ma tendresse pour vous exigeoit plus de franchise ; que la foudre écrase l'imposture, répondis-je, tremblez, reprit Madame de *Verman* : je connois votre écriture, & je ne vous ai condamnée qu'après l'avoir scrupuleusement examinée : croyez moi, ma chere *Julie*, avouez-moi un penchant qu'on peut pardonner au feu de votre âge ; sûre de votre sincérité, je solliciterai votre grace auprès du *comte* ; & je tâcherai d'obtenir de lui l'agrément de vous reconduire en *Bourgogne*, où cette funeste aventure sera toujours ignorée ; le prétexte poli de m'accompagner, devien-

dra à *Dijon* le motif de votre retour,
voyez, ouvrez-moi votre cœur, & foyez
perfuadée que je fuis digne de votre
confiance, je la mérite à deux titres
facrés ; mere & amie, puis-je vous
trahir ? des fentiments auffi généreux,
repartis-je, m'arracheroient l'aveu du
crime le plus noir, mais je fuis innocente, & je périrai plutôt dans cette
maifon auftere, que d'avouer une faute
que je n'ai point commife : je prononçai
ces derniers mots avec tant de vérité,
que la *baronne* en fut touchée ; & prefque convaincue alors de mon innocence,
elle m'annonça qu'elle viendroit le lendemain munie de la piece qui avoit
caufé mes malheurs. Jugez avec quelle
impatience j'attendis ce moment ? il
vint enfin, & Madame de *Verman* parut
au parloir à neuf heures du matin ; te-
nez, ma fille, me dit-elle, en paffant
ce billet fatal, par un des jours de la
grille : lifez & jugez vous vous-même,
votre décifion fera mon oracle, & je
vous excuferai, fi vous ne vous trouvez
pas coupable... les yeux attentivement
fixés fur le billet, je rougiffois, & je
pâliffois tour-à-tour : la *baronne* qui crut
que mon trouble étoit l'aveu de mon

crime, alloit me condamner, lorfque levant mes regards vers le ciel, je demandai où étoit le chevalier de *Nalbour*; qu'attendez - vous de lui, reprit Madame de *Verman* ? ma juftification, & fa honte repartis-je : *Nalbour* eft donc encore un fcélérat ; ah ! qui peut après ce trait horrible, croire qu'il eft un honnête homme fur la terre ? oui, Madame, ce billet eft de la main de votre fille, & je fuis trop fincere pour le défavouer, c'eft à *Nalbour*, que je n'ai pas caché que j'aimois avant mon mariage, c'eft à ce traitre que ce billet a été adreffé, il y a près de trois ans, mais dites-moi de grace par quel hafard eft-il tombé entre les mains de *Pervaux*, qui, abufant du titre de *chevalier*, & du défaut d'adreffe & de date, veut me déshonorer, en me raifant foupçonner d'une paffion odieufe ? Vous m'étonnez, reprit Madame de *Verman*, *Nalbour* eft à *Paris* depuis dix jours ; lié étroitement avec le chevalier de *Pervaux*, auroit-il eu la baffeffe de lui faire un facrifice qui déshonore un honnête homme ? j'ai peine à en douter, & cependant je ne puis croire que vous foyez coupable, foyez tranquille, je vole vers le *comte*, il me parle quelquefois de *Nalbour* dont il saura sans doute l'adresse, j'irai le trouver, & perçant la vérité, je ne perdrai les coupables, que pour sauver l'innocence ; adieu, essuyez vos larmes, & n'accusez point votre époux, le mari le moins jaloux auroit proscrit sa femme sur une preuve moins claire encore. La *baronne* sortit ; je montai dans ma chambre où je priai la supérieure de m'envoyer *Sophie* ; je brûlois d'apprendre le reste de son histoire, & de lui découvrir la situation embarrassante dans laquelle je me trouvois, mais cette femme me fit dire que *Sophie*, étant en retraite pour huit jours, ne pouvoit parler à personne avant l'expiration de ce délai ; j'attendois l'après midi la *baronne*, & je me flattois que la perfidie de *Nalbour*, une fois reconnue, on ne balanceroit pas de me faire sortir d'un asyle qui ne m'étoit odieux, que parce qu'il étoit destiné pour le crime. Le jour se passa sans que je reçusse la moindre nouvelle ; *Nalbour* étoit un scélérat, & *Pervaux* un malheureux qui, remplissant mes sens d'horreur & d'effroi, portoient le trouble & l'inquiétude au fond de mon ame agitée :

que *Pervaux* , difois je , qui eft un malheureux que j'ai méprifé , ait cherché les moyens de me perdre , je n'en fuis point étonnée , c'eft au crime à noircir la vertu ; mais que *Nalbour* , que je n'ai aimé que parce qu'il m'a paru honnête homme , que *Nalbour* me trahiffe , fe déshonore , & me facrifie , voilà un coup inattendu dont je ne puis revenir ! Le lendemain fe paffa encore fans que je viffe perfonne ; toute entiere à ma douleur , je ne pus douter que Madame de *Verman* , féduite par mon mari trop crédule , ne m'eût abandonnée ; quel état ! qu'il faut de fermeté pour ne pas y fuccomber ! C'en eft donc fait , m'écriai - je , en fortant des réflexions les plus funeftes , victime de la trahifon d'un perfide , je deviens l'opprobre de ma famille ; innocente au fond de mon cœur , le public va me juger coupable ; & malheureufe pour toujours , je vais terminer ma carriere dans ce féjour affreux : Ah ciel ! manifefte ta puiffance en confondant le crime , ou donne-moi le courage de réfifter aux chagrins que l'injuftice me caufe ! Prête à fuccomber fous le poids de mes maux , je reçus une lettre ; l'adreffe étoit de la main de mon mari , je rougis en la décachetant ; & je ne pus la lire qu'en tremblant.

Pourrez-vous voir de sang froid l'auteur de vos peines ? & pardonnerez-vous à votre époux un procédé que l'amour seul à paru autoriser ? Les circonstances vous condamnoient, Pervaux en expirant dévoile le mystere odieux qu'il avoit préparé pour vous perdre dans mon esprit & le chevalier de Nalbour m'écrit du sein de sa retraite une lettre qui fait ma consolation, votre éloge & le sien ; peu digne de fixer un cœur tel que le vôtre, je n'exigerai jamais que vous m'aimiez ; mais sensible à mes remords, rendez moi la vie, en oubliant une démarche que je déteste , un mot va décider mon sort ; je l'attends avec autant d'impatience que j'en ai d'expier à vos genoux une imprudence qui fera toute la vie le supplice d'un cœur qui ne vous a offensé, que parce qu'il vous adoroit.

Le retour du *comte* me fit tout oublier, je perdis le souvenir de mes malheurs, & je ne vis que son repentir ; la mort de *Pervaux* & la retraite de *Nalbour* portoient dans mon cœur des idées funestes ,

funeftes , qui altéroient ma fituation.
J'entrevoyois dans cette image un com-
bat fingulier , qui , en perdant ceux qui
en font les acteurs , avilit les femmes
qui en deviennent les objets : je craignois que le public inftruit de cette ca-
taftrophe , ne me confondît avec ces
femmes perdues , qui , facrifiant un
amant à un autre , cherchent une célébrité indigne dans une action qui les
déshonore : j'ai vu même au fein du
grand monde , de ces coquettes auda-
cieufes qui ofent compter leurs triom-
phes par le nombre des rivaux qu'elles
ont fait immoler ; qu'une femme votre
amante , & votre amie tout à la fois ,
vous menace de fes mépris , fi vous ne
vous vengez d'un affront qui vous avilit,
c'eft le devoir de l'amitié , & celui de
l'honneur. Le marquis de *Pervaux* avoit
le malheur d'être lâche , Madame de
Cormel, qu'il aimoit éperdument, le força
à tirer raifon d'une infulte qui le désho-
noroit ; perfonne n'a blâmé Madame de
Cormel , quoique le public n'ait pas plus
eftimé *Pervaux* : mais que la jeune com-
teffe *d'Orvany* engage le chevalier *d'Ef-
tival* à fe battre avec un honnête homme
qui l'aime de bonne foi , c'eft une

horreur dont on ne voit que trop d'exemples en France.

Après cette petite digreſſion dans laquelle je ne ſuis entrée que pour l'intérêt de mon ſexe, je dois mettre ſous vos yeux la réponſe que je fis à mon mari.

Votre faute eſt expiée, Monſieur, puiſque vous la connoiſſez, n'attendez ni reproches ni dédains de votre épouſe, elle connoît ſes devoirs & jamais elle ne s'en écartera ; heureuſe de poſſéder votre cœur, elle n'enviſagera d'autre bonheur que celui de plaire à un mari qu'elle eſtime aſſez pour l'aimer.

Cette réponſe fit ſur le *comte* l'effet que j'en avois eſpéré ; Madame de *Verman*, qui vint paſſer l'après midi avec moi, me prévint qu'à l'entrée de la nuit mon époux viendroit me chercher dans une voiture de campagne, où toutes mes connoiſſances me croyoient depuis que j'étois au *Bon-paſteur* ; & que le même ſoir, je devois ſouper chez la marquiſe de *Riancé*, qui m'attendoit avec impatience. La Baronne acheva de diſſiper mes ſoupçons, en m'avertiſſant

que le miniſtre qui avoit ſigné la lettre
de cachet, avoit été le ſeul de toute la
cour qui ſut mon aventure, & que mon
mari lui ayant fait part de mon innocence, il avoit donné des ordres très-
prompts pour mon élargiſſement ; reſte,
continua la baronne, à vous apprendre
de quelle façon la vérité eſt venue juſqu'à nous. *Nalbour*, conſumé par ſon
amour, avoit quitté Malthe pour retourner dans ſa patrie, inſtruit à *Dijon*,
que vous étiez à *Paris*, le même projet
qui l'avoit engagé à paſſer les mers, lui
fit entreprendre ce voyage. *Pervaux* qu'il
avoit connu, j'ignore en quel pays,
s'empara de lui, & obtint ſa confiance
ſous le ſceau ſacré d'un ſecret inviola-
ble ; *Nalbour* avoua qu'il vous aimoit,
il lui lut même le malheureux billet qui
nous raſſemble dans cette maiſon : deux
jours ſe paſſerent ſans que *Pervaux* par-
lât de vous à *Nalbour*, à qui il avoit
perſuadé que vous étiez à ſa campagne ;
logés tous deux dans le même hôtel leurs
appartements étoient communs ; & *Nalbour* qui ne ſe défioit point d'un homme
qu'il croyoit ſon ami laiſſoit ſes papiers
à la diſcrétion de *Pervaux* ; ce ſcélérat
abuſant de la facilité de ſon ami, prit

dans fon porte-feuille la lettre en queftion, & la facrifia à votre mari, comme une déclaration que vous veniez de
lui faire. *Nalbour* informé par moi-même
du facrifice de cette lettte, a été trouver
Pervaux : celui-ci a fait difficulté de fe
battre, & peut-être auroit-il eu la
baffeffe de vivre encore, fi maltraité
par *Nalbour* en public, il ne s'étoit vu
forcé de paroître brave ; frappé de deux
coups, il n'a vécu qu'autant de temps
qu'il lui en a fallu pour vous rendre
juftice : *Nalbour*, que le châtelet pour-
fuivoit, vient de fe retirer à la char-
treufe de *Paris* ; le *comte*, à qui il écri-
vit, a fait tous fes efforts pour le détour-
ner du deffein qui l'arrache au monde ;
mais le *chevalier* infenfible à fes inftances, eft entré dans le noviciat, d'où il
ne veut fortir que pour s'attacher à la
folitude par des vœux éternels.

De quel étonnement, jufte ciel ! fus-
je frappée au récit de Madame de *Verman* : en vain j'étois convaincue de mon
innocence vis-à-vis de mon mari, les
reproches fecrets que je me faifois de
l'imprudence que j'avois commife en
écrivant à *Nalbour*, faifoient naître dans
mon cœur des remords qui le déchi-

roient ; je m'imputois la mort du malheureux *Pervaux*, & les chagrins que j'avois donnés à mon mari ; le *comte* arriva dans ces entrefaites, descendues la baronne & moi dans un parloir extérieur où il nous attendoit, je volai dans ses bras, où je demeurai évanouie pendant un quart d'heure ; revenue de ce premier transport, je le serrai tendrement sans pouvoir proférer une parole, mes soupirs exprimoient mon état, & ses pleurs me répondoient. Quel moment ! qu'il fut précieux à mon cœur ! oui, je crois que j'aimois alors mon mari. Sur le point de quitter le *Bon-Pasteur*, je demandai à la supérieure la permission de voir *Sophie*, elle descendit, je la présentai à Madame de *Verman* qui connoissoit son nom, & nous promîmes de travailler de concert à sa liberté.

J'arrivai chez Madame de *Riancé* avec la *baronne* & mon mari, nous y étions attendus, & la *marquise* me reçut de façon à me persuader, qu'elle ignoroit ce que l'intérêt même du *comte* exigeoit que je cachasse à toute la terre : le souper fut gai ; jamais mon mari ne fut si aimable, jamais je ne parus si contente. *Sanville* & Madame *d'Obri-cour*, qui étoient de la partie, me firent des reproches agréables sur ma désertion, c'est ainsi qu'ils traitoient mon départ précipité pour la campagne. Une anecdote concertée avec mon mari, & que je détaillai de bonne foi ne leur laissa pas l'ombre d'un soupçon : le *vicomte* fit tout au monde pour me parler en particulier, mais intéressée à fuir un entretien dont je craignois les suites, je ne parlai presque qu'à mon mari : *Sanville* qui vint m'offrir une glace, lâcha mille plaisanteries sur notre conversation bourgeoise : mais une absence de huit jours excusa un entretien que le ton de la bonne compagnie réprouve. Le *vicomte* déconcerté me vit partir avec regret, & la prière que je lui fis de donner une place à la *présidente*, mit le comble à son trouble : le *comte* partit deux jours après pour se rendre à *Arras*, où la gendarmerie devoit passer en revue : notre séparation fut tendre, & un commerce de trois mois n'altéra ni l'amour de mon mari, ni l'estime que j'avois pour lui. Madame de *Verman*, qui devoit passer ce temps avec moi, m'avoit déterminée

à changer la résolution que j'avois prise
de retourner en *Bourgogne*. Mon époux
fut à peine parti, que *Sophie* me vint à
l'esprit ; j'engageai la *baronne* à tenir la
parole qu'elle lui avoit donnée, & toutes deux nous nous unimes pour la tirer
de l'asyle affreux où elle étoit. *Sophie*
m'avoit informée le jour même que
j'étois fortie du *Bon - pasteur*, que le
baron de *Verbois*, son frere ainé, la
détenoit dans cette maison : j'écrivis à
Beaune, & ce frere cruel me répondit
qu'il abandonnoit *Sophie* dès l'instant
qu'elle avoit ofé dire qu'elle lui appar-
tenoit : il finissoit fa lettre en me lais-
fant la maîtresse de tout employer pour
lui rendre la liberté, dont il la difoit
indigne, & que pourvu qu'il ne la vît
jamais en *Bourgogne*, il confentoit à
tout ce que je lui demandois. Quelque
mortifiante que cette lettre fût pour la
trifte *Sophie*, je ne pus la lui cacher,
& tandis que cette malheureufe fille me
prioit de lui laiffer terminer fes jours
dans cet afyle, je me donnois tous les
mouvements imaginables pour la fervir
contre elle - même : le fuccès remplit
mes foins, & les paya : les adminiftra-
teurs de cette maifon m'accorderent la

liberté de *Sophie*, que j'allai chercher en triomphe au *Bon-pasteur* : un appartement que je lui avois destiné chez moi, la mit dans le cas de ne rien desirer.

Sophie jouit peu de sa liberté : malade presque au sortir du couvent, elle me demanda la permission de se retirer à la campagne, sous le prétexte d'y respirer un air pur : j'allois me rendre à ses instances, si Madame de *Verman* ne m'eût fait sentir qu'il ne convenoit point que j'abandonnasse mon amie dans l'état où elle étoit, en effet, accablée d'une inquiétude mortelle qui la minoit incessamment, ce ne fut qu'après un long-temps qu'on parvint à rétablir sa santé, sans qu'on pût cependant dissiper les alarmes qui l'agitoient : toujours occupée de son état, préparée même à finir l'histoire de ses malheurs, elle alloit satisfaire à ma curiosité impatiente, si la crainte de lui causer une révolution ne m'eût engagée à la prier de remettre ce recit après son rétablissement.

Les bienséances & les devoirs m'arracherent de mon hôtel, pour me répandre dans le grand monde ; *Sanville* instruit du départ de mon mari, pria

madame de *Riancé* de le préfenter
chez moi ; la démarche me parut fin-
guliere : la marquife aimoit le vicomte
qu'elle croyoit que je ne haïffois point ,
& s'ouvrir à elle, c'étoit donner dans une
grande mal-adreffe ; madame de *Riancé*
me demanda la permiffion de m'amener
le *vicomte*; comme je me perfuadai qu'elle
ne doutoit point que ce ne fût un piege
qu'elle me tendoit , je lui répondis que
je verrois toujours M. de *Sanville* , mais
que l'abfence du *comte* me mettant dans
le cas de ne point tenir maifon , je ne
pouvois décemment recevoir le *vicomte*,
fans ouvrir ma porte à quantité d'hon-
nêtes gens que j'avois refufés; d'ailleurs,
continuai-je en fouriant , je ne voudrois
point rendre *Sanville* infidele : à qui ,
demanda la *marquife* ? à une femme aimable , repris-je ; ne la devinez-vous
pas ? Ah , vous me flattez , Madame,
repartit mal-adroitement la *marquife*, &
je crois que le *vicomte* penfe peu à moi ;
il eft mon ami, & rien que cela; c'eft tout
ce que j'entends , repris-je, & nous fom-
mes toutes deux trop raifonnables pour
aimer. *Sanville* entra dans le même inftant , nous ne voulons point de vous ,
lui dit la marquife , madame , que je

preſſé de vous recevoir, refuſe de m'entendre , & vous êtes de trop ici. Je
vous reconnois ſincere , répondit le
vicomte , mais permettez que je doute
de ce compliment , juſqu'à ce que madame la *comteſſe* ait la cruauté de me le
répéter ; la ſincérité de la marquiſe ,
repartis je avec un froid affecté, devoit
m'épargner ce ſoin : je vous entends ,
Madame , reprit *Sanville* vraiment pé-
nétré , & c'eſt pour écarter un objet
odieux que je prends congé de vous ;
mais on ne vous hait point , lui dis je
en le rappellant , & vous mettez de
l'humeur que vous voulez donner pour
la dignité , où il n'y a que de la plaiſan-
terie : m'aimeriez-vous , s'écria le *vicomte* , en ſe jetant à mes genoux; non,
repris je , étonnée d'un procédé auſſi
imprudent ; je vous mépriſe trop pour
vous voir jamais. Ah ! *marquiſe* , je
ſuis perdu s'écria *Sanville* , ſi vous n'a-
vez la complaiſance de faire ma paix
avec la comteſſe ; je l'adore ; & mon
amour qui me tranſporte hors de moi-
même, me laiſſe à peine l'uſage de mes
ſens. Madame de Riancé que cette com-
miſſion flattoit peu , ſe mit en colere ,
& le pauvre *vicomte* fut contraint de

se retirer. Seule avec la marquise, je réfléchis sur la démarche de Sanville, & je ne pus la concevoir : est-ce-là, lui disois-je, cet homme raisonnable, qui s'est fait dans tous les temps un devoir sacré de respecter les femmes? quelle fureur, dites quelle amour, reprit madame de *Riancé* ; la passion violente qu'il a conçue pour vous, a troublé sa raison ; égaré par son penchant, il ignorera demain, s'il rentre en lui-même, l'excès d'imprudence auquel il vient de se porter ; & s'il s'en souvient, ce ne sera que pour le détester ; j'en accepte l'augure, repartis-je, mais je vous avoue que je ne suis point encore remise de l'émotion que son étourderie m'a causée, & c'est pour me distraire un peu que je vous prirai de m'accompagner chez madame de *Fouanges*, dont j'ai trouvé hier le nom sur la liste des visites; vous la connoissez assez, je pense, pour la voir ; répondit la marquise, & je vais vous y mener dans mon équipage: nous montâmes en carosse. Madame de *Fouanges* qui se disposoit à aller en cours, étoit à sa toilette : environnée d'une foule d'abbés, de robins & de beaux esprits, elle donnoit le ton à cet essaim

galant, les abbés tailloient ses mouches,
& assortissoient les couleurs qui devoient entrer dans la composition de
ses graces; les robins la frisoient, tandis
que le chef du bureau, c'est-à-dire, le
bel esprit en titre, lisoit une brochure
nouvelle dont il disoit du bien, quoi
qu'il ne l'eût pas faite. Madame de
Fouanges, dont nous ne voulions ni partager ni interrompre les plaisirs, nous
pria de passer dans un cabinet de jour,
où nous trouvâmes son mari les larmes
aux yeux; ce spectacle m'étonna, &
j'étois prête à l'interroger sur la cause
de ses pleurs, quand cet époux singulier
& malheureux m'apprit qu'il aimoit sa
femme. Quoique la corruption du siecle
ne m'eût pas accoutumé à des confi-
dences de cette espece, je compris combien il devoit en coûter à M. de Fouanges, pour m'avoir fait cet aveu, & je
m'intéressai vivement à sa situation;
aimer sa femme, lui dis-je, n'est point
encore un ridicule établi, d'ailleurs
quand le ton de nos jeunes étourdis
prendroit, le mérite de madame de
Fouanges vous mettroit à l'abri de sa
critique; une personne qui unit les
charmes de la figure aux agréments du

caractere , & dans laquelle on trouve

Les graces d'une femme & l'ame d'une amie *.

Cette femme enfin peut obtenir juſqu'à l'hommage de ſon époux ; & vous avez tort de vous croire humilié par la paſſion que vous reſſentez pour elle : Ah ! que dites vous , reprit Fouanges, je ne me ſens offenſé que de ſes travers ; répandue dans une ſociété d'étourdis & de fats , ma femme ne ſemble reſpirer que pour me mortifier : je l'aime , elle me mépriſe , & je trouve le malheur de mes jours dans les ſentiments de celle qui devoit faire ma félicité. Madame de Fouanges entra dans ce moment ; ſes courtiſans qu'elle avoit éconduits la rendoient plus aiſée , fort ai-

---

* Un homme connu par ſes ouvrages autant que par le rang qu'il tient parmi les littérateurs célebres , me dit , il y a quelques mois, que ce vers ne ſignifioit rien ; que le parterre à qui les beautés de la piece dans laquelle ce vers ſe trouve, ſont échappées, n'ait pas conçu cette penſée, je paſſe cette inattention au peuple ; mais je ne le ſupporte pas dans un auteur qui a d'autant plus de tort, qu'il ne le critique qu'après l'avoir penſé.

mable lorfqu'elle n'étoit qu'avec deux
ou trois perfonnes fenfées, elle ne pa-
roiffoit ridicule que dans la cohue du
grand monde : mais fa converfation dé-
mentit fon caractere ; *Monfieur* fe plaint
fans doute, dit madame de Fouanges,
en montrant fon mari avec ce mépris contre lequel l'habitude a empêché
qu'on ne déclamât aujourd'hui, comme
on le faifoit alors ; fes clameurs finiront
heureufement, & je fuis l'ufage, je me fé-
pare, mais très-exactement; je reprends
mes *pactions*, & on me *réintegre* dans la
fucceffion de mon pere, dont monfieur
de Fouanges s'eft emparé ? Madame eft
inftruite, reprit le mari, & les termes
du barreau lui font familiers ; un avocat
habile, repartit madame de Fouanges,
vient de me mettre au fait, & j'ai appris qu'il ne me refteroit que l'ufage de
votre nom, dont je vous permets de me
priver ; ingrate, qu'ofez-vous dire reprit le mari ; n'allez vous pas devenir
tendre ou jaloufe ? la conduite feroit
nouvelle, & j'en aurois l'obligation à
ces dames, répondit madame de
Fouanges ; adieu, monfieur, pourfui-
vit-elle, en nous amenant dans une
chambre voifine ; réfléchiffez à votre

aife fur le malheur qui va fondre fur vous ; vous auriez pu le prévenir, mais non, un mauvais naturel ne rectifie jamais. Le commandeur d'Humicourt entra dans ce moment, & l'on fubftitua un quadrile à la promenade ; madame de Fouanges reprit fon caractere, & elle devint aimable & fenfée tout à la fois ; le commandeur étoit un galant déterminé, qui portoit avec lui la lifte de toutes les femmes qu'il avoit fubjuguées, il la montroit même pour peu qu'on l'en preffât : foumis à tout ce qu'on exigeoit de lui, il étoit vitieux & indifcret par complaifance, jamais dangereux de fon propre mouvement, il ne faifoit du mal que lorfqu'on le prioit d'en faire, empreffé à demander à toutes les femmes la permiffion de les aller voir, & n'y allant jamais, il fe formoit un agrément du défefpoir dans lequel il croyoit les plonger, & s'il revoyoit ces mêmes femmes dans un cercle, ce n'étoit que pour faire remarquer fon impoliteffe, en propofant avec hauteur une excufe plus outrageante que la faute même : d'Humicour m'étoit connu, & les efforts qu'il fit pour me perfuader, devinrent inutiles. Piqué de

ce que je refusois de recevoir un homme
comme lui, car, avec beaucoup d'esprit,
il avoit la manie des sots, il résolut de
se venger de mon indifférence, & le
fourbe n'y réussit que trop bien. Après
notre partie on alla se promener ; madame de Riancé, qui croyoit racom-
moder Fouanges avec sa femme voulut
nous donner à souper, mais celle ci
avoit pris les devants, & nous revînmes
chez elle ; son mari qui craignoit un
éclat, étoit seul dans le même cabinet
où nous l'avions trouvé l'après-midi ;
son ton doux & persuasif n'émut que
nous ; madame de Fouanges, insensible,
annonça une scene éclatante pour le
lendemain, & elle tint parole ; mais
pensoit-elle alors donner au public un
spectacle dont elle seroit la victime ?
époque odieuse que la décencee me dé-
fend de rappeller !

Cette scene me sépara de madame
de Fouanges que je ne vis plus, & bientôt deux circonstances qui me touchent
de plus près, vont me faire prendre la
résolution de m'éloigner pour toujours
de la société. Le Vicomte de Sanville,
qui s'étoit éloigné, comme je l'ai re-
marqué plus haut, après l'esclandre

qu'il avoit fait en se jetant à mes genoux aux yeux de la marquise, venoit de concevoir le projet le plus affreux : falloit-il qu'il s'accomplît chez moi ? En quittant madame de Fouanges, je rentrai à mon hôtel ; madame de Verman étoit dans l'appartement de Sophie, j'y passai sur le champ, & j'eus la satisfaction de trouver mon amie aussi bien qu'elle pouvoit être ; j'embrassai la baronne, & je me rendis dans mon cabinet de nuit, où Bernon me suivit ; à peine y fus-je entrée, que Sanville, qui s'étoit caché sous ma toilette, parut à mes yeux; ma femme de chambre jeta un cri & détourna, par une surprise qui me parut trop naturelle pour être jouée ; les soupçons que j'aurois pu concevoir contr'elle : le vicomte à mes pieds tenoit un poignard d'une main & appuyant l'autre sur le fauteuil où j'étois assise, il m'annonça, les regards troublés, & le délire dans l'ame, qu'il alloit se poignarder à mes genoux, si je ne lui jurois de l'aimer toujours. L'état déplorable dans lequel le vicomte étoit, me fit hasarder tout ce qu'il voulut ; mais Sanville qui ne se tint pas à mes propos, exigea des preuves moins équivoques de mon amour. Révoltée de ce discours, j'allois lui arracher son funeste poignard, quand l'infortuné vicomte, se refusant au service que je voulois lui rendre, se perça de deux coups, & tomba à mes pieds, où il mourut en prononçant ces mots, dont le souvenir me glace encore : *l'amour que vous seule m'avez fait connoître, troubloit le repos de mes jours, & je ne meurs aujourd'hui que pour me soustraire à un pouvoir tyrannique : trop heureux si j'emporte au tombeau un de ces regards favorables, que vous pouvez jeter sans crainte sur un malheureux qui ne meurt que pour vous laisser vivre tranquille.* A ces mots Sanville expira: jugez de ma situation ; Bernon étendue sur le plancher, avoit perdu l'usage de ses sens, & je ne la rappelai que pour la consulter sur cet événement sinistre. Incertaines sur le parti que nous devions prendre dans une conjoncture aussi critique, nous allions faire transporter le Vicomte dans la rue de Vaugirard ; mais l'idée où nous étions que quelqu'un avoit pu l'introduire chez moi, nous retenoit, parce qu'il étoit dangereux que ce quelqu'un nous trahît. Que faire enfin ? quel parti prendre ?

En informant madame de Verman de
cette cataſtrophe , c'étoit la jeter dans
un trouble qui joint à ſon âge , auroit
pu altérer ſa ſanté laguiſſante ; cependant le jour approchoit, & les moments
étoient chers ; Bernon , dont les con-
ſeils avoient acquis des droits ſur mon
cœur , me détermina à mander un com-
miſſaire , auquel il falloit que je détail-
laſſe tout uniment ce qui venoit de ſe
paſſer. J'allois ſouſcrire à cet avis ,
quand le bruit d'un caroſſe annonça
quelqu'un dans la cour; je me figurai que
ce pouvoit être le médecin de Sophie ,
& charmée déjà d'avoir un témoin de
cette ſorte , je deſcendis pour le prier
de monter dans mon appartement ;
mais quelle fut ma ſurpriſe , quand je
reconnois mon époux ; je ne l'embraſ-
ſai qu'en tremblant , & ma frayeur qui
ne lui échappa point , porta l'émotion
dans ſon cœur. Qu'avez-vous, madame ,
me dit-il , vous paroiſſez inquiette &
troublée : je voulus en vain cacher mon
inquiétude ; le comte , que des ſoupçons jaloux agitoient , crut que j'étois
infidelle, & tout à cet injuſte ſentiment,
il entra dans ma chambre , où *Sanville* ,
baigné dans ſon ſang , vint frapper ſes

regards furpris : Ah , ciel ! pourfuivit
mon époux, c'eft *Sanville*, c'eft mon
ami ! Un rival vient fans doute de l'immoler à fa fureur, ce rival fera facrifié à
la mienne, & voilà votre ouvrage, allons, Madame, imaginez quelque ftra-
tagême adroit pour fauver encore une
fois votre réputation ; vous vous êtes
échappée du *Bon pafteur* par une manœuvre dont je m'apperçois que j'ai été
la victime je ne ferai plus la dupe d'une
phifionomie trompeufe, ni d'une confiance aveugle : épargnez-vous des dé-
tours qui ne vous réuffiront pas, tout
bien imaginé qu'ils puiffent être, &
foyez vraie une fois. Je vous obéis, repris je, en faifant à mon époux un détail
fincere & exact de ce qui venoit d'arri-
ver : *Bernon* qu'il vouloit intéreffer par
des prieres & par des menaces, fut
inflexible, & confirmant mon recit avec
cette bonne foi qui eft attachée à la
vérité, elle parvint prefque à perfuader
le *comte*.

L'arrivée de *Courmont* avoit éveillé
quelques uns de nos gens, la plupart
étoient d'anciens domeftiques dévoués à
mon mari : il détermina de prendre les
deux qui lui étoient le plus attachés : &

de les engager à mettre dans une chaise
à porteur le *vicomte*, qu'ils avoient ordre
de laisser à l'entrée de la rue d'enfer,
quartier très-dangereux alors. Ce projet
fut exécuté : & nos gens revenoient fort
contents de n'avoir pas été apperçus,
quand une escouade du guet à cheval les
arrêta & les conduisit chez le commissaire du quartier : ces laquais intimidés
déclarerent ce qu'ils savoient, & le commissaire les fit mener tous les deux au
grand châtelet, tandis que cinquante
hommes du guet, répandus dans la rue
de Tournon, investissoient notre hôtel.
Le *comte*, inquiet de ne point voir
revenir ses domestiques, eut l'imprudence de sortir seul pour examiner par
lui-même si le cadavre du malheureux
Sanville étoit dans la rue d'enfer : mais
à peine eut-il approché du Luxembourg,
que six des cavaliers du guet le forcerent
de s'arrêter en le couchant en joue ? Le
comte intrépide en tua un, & cette victime n'eût pas été la seule, si, précipité
sous les chevaux d'une nouvelle escouade
qui accourut au bruit, il n'avoit été
obligé de recevoir des fers. Le comte de
Courmont entre les mains du guet ! quel-

les affreufes idées cette image ne porte-
t-elle pas avec elle ?

Hélas ! que faifois-je alors ? Inquiete
& tremblante j'attendois le retour du
comte, efpoir fuperflu ! mon mari étoit
dans les fers, & quoique victime innocente de ce trifte événement, je fus
contrainte de me croire coupable quand
je n'étois que vertueufe : quel avantage ,
difois-je , retire-t-on de la fageffe , fi
la vertu eft toujours pourfuivie ? Senti-
ment injufte qu'on ne doit attribuer
qu'au défefpoir.

La *baronne* à qui je ne pus taire tout
ce qui s'étoit paffé, tomba dans une
foibleffe que je pris pour un évanouiffement, mais qui étoit le fymptôme de
la mort : pourfuis, grand Dieu ! c'eft à
ces coups redoublés que je reconnois ta
puiffance. Pourquoi la parque cruelle
refpecte t-elle mes jours ? Que n'ajoute-
t-elle une troifieme victime aux deux
que fa fureur vient d'immoler ? . . . . .
Cependant le *comte* ne venoit point,
prête à fortir pour le chercher partout,
je ne fus malheureufement que
trop informée de fon funefte fort ; le
commiffaire qui l'avoit interrogé, arriva

chez moi pour prendre ma déclaration
& celle de ma femme de chambre ; leur
conformité avec celle de mon mari, me
valut fans doute la liberté qu'on venoit
de m'enlever, on ne m'arrêta point,
& je n'ufai de cette liberté que pour
voler dans les bras du *comte*, dont il
étoit important que je détruififfe les
foupçons qu'il pouvoit avoir encore ;
mais j'ignorois les formalités fcrupuleu-
fes de la juftice : le *comte au fecret* ne
parloit qu'à fes juges ; défolée & plain-
tive, je vins rendre les derniers devoirs
à Madame de *Verman*, dont la mort
précipitée fallit à enlever *Sophie*, la
feule amie qui me reftoit : ce cérémo-
nial funebre ne fut pas plutôt achevé,
que je me rendis chez le lieutenant criminel : il joignoit à l'intégrité d'un
homme incorruptible. Après bien des
inftances il me promit que je pourrois
parler à mon mari en préfence du commiffaire qui inftruifoit fon procès : cet
inftant tant defiré fut remis à l'après-
midi du même jour. J'allai au châtelet
dans le temps même que le commiffaire
y arriva ; mais que vis je ? Jufte ciel ! fi
j'ai eu la force de foutenir un fpectacle
auffi touchant ; j'ai à peine celle de me

le rappeler aujourd'hui : le *comte*, pâle
& tremblant, étoit dans un sombre
cachot, l'asyle odieux des plus fameux
scélérats, couché sur la paille, il res-
sembloit à ces malheureux qui, confon-
dus par le crime, & abattus par les
remords, n'ont la douleur de vivre que
pour avoir l'ignominie de périr. Est-ce
vous, cher époux, lui dis-je, en tom-
bant à ses genoux ; Ah, Madame,
reprit-il, voyez l'état dans lequel vous
me réduisez ? mots terribles, qui n'ont
que trop porté sur le malheur de ma
vie ! le *comte* eut à peine achevé cette
phrase funeste, que le commissaire or-
donna qu'on nous séparât, deux gui-
chetiers, c'est-à-dire, deux barbares
qui ne connoissent ni l'humanité ni la
nature, m'arracherent des bras de mon
époux, & me traînerent dans une prison
aussi affreuse que la sienne, je supportai
ce dernier trait avec une patience que
je n'attendois point de mes sens abattus,
l'idée que je respirois le même air, que
j'habitois sous le même toît que mon
mari, adoucissoit ma situation ; & si
quelquefois elle m'arrachoit des mur-
mures, si je souffrois avec moins de
courage, c'étoit quand je réfléchissois
que

que mon état m'ôtoit la liberté de travailler à la juſtification du *comte.*

Je ſubis deux interrogatoires dans trente-ſix heures, & il y a apparence que la vérité de mes réponſes émut mes juges, puiſque ma liberté me fut rendue : occupée ſans ceſſe à les ſolliciter pour mon époux, il falloit que je les viſſe au moins une fois par jour, la ſollicitation n'étoit point regardée, comme aujourd'hui, avec indifférence, c'étoit alors un devoir duquel le plaideur ne s'écartoit pas impunément.

Quatre mois étoient écoulés depuis la détention du *comte*, & le châtelet prêt à le juger, m'avoit laiſſé entrevoir une ſévérité dont je craignois les ſuites : l'innocence dans les fers n'eſt point à l'abri de la frayeur ; mon mari étonné du tour que cette affaire avoit pris, conçut le deſſein de ſe ſouſtraire aux pourſuites de la juſtice ; l'amour de la liberté aide à l'induſtrie, le *comte* parvint à briſer ſes fers, & les débris lui ſervirent d'armes pour creuſer avec ſuccès, & ſe faire une ouverture aſſez grande pour ſe ſauver. Cette fuite me porta de nouveaux coups auſſi ſenſibles que ceux qui avoient précédé, & ce ne fut qu'après

Tome II. Q

des inſtances réitérées que j'obtins un
ordre ſupérieur pour ſuſpendre la con-
tumace que l'activité des juges ſe prépa-
roit à inſtruire.

Les recherches que je fis pour découvrir la retraite du *comte*, furent inutiles ; le commandeur d'*Humicourt*, qui
étoit ſur le point de paſſer en *Hollande*,
vint m'offrir ſes ſervices, je les acceptai
ſans balancer ; toute à mon mari, j'ignorois quel motif pouvoit le faire agir ;
d'*Humicourt* eut l'imprudence de me
rappeler ſes premiers ſentiments, ce
qui m'avoit été indifférent dans un
temps, excita alors mes mépris : je priai
le *commandeur* de ne paroître jamais à
mes yeux : le perfide ne s'en eſt que trop
vengé, & dans quelles circonſtances, ô
ciel ! Ah, Madame, ſouffrez que je reſpire,
il n'eſt pas encore temps d'ajouter cet
outrage aux malheurs qui m'accablent.

Après la cataſtrophe cruelle dont je
venois d'être l'actrice moins encore que
la victime, il eſt aiſé de penſer que
Paris m'étoit odieux : mon fils me reſ-
toit, & *Sophie*, en partageant mes
maux, en adouciſſoit l'amertume : c'eſt
avec ces deux objets que je me déterminai de paſſer mes jours dans une mai-

fone dcampagne de ma province : l'é-
ducation qu'il convenoit que je don-
naffe à mon fils, fembloit exiger que
je le laiffaffe à *Paris* : mais quand je
réfléchiffois que l'air contagieux que la
jeuneffe refpire dans cette ville, alloit
gâter le naturel le plus heureux, je dé-
teftois un pays dangereux, où l'on ne
poliffoit l'efprit qu'en rifquant de le
corrompre, & je préférois une éducation bourgeoife à des connoiffances
brillantes, qui, en emportant l'eftime
du grand monde, entraînent la perte
de ceux qui les poffedent, & de ceux
mêmes qui les admirent : c'eft à ce fujet
qu'un homme de beaucoup d'efprit a
dit :

. . . . *Et le plaifir des cœurs tels que les*
    vôtres.
Eft de perdre les uns pour amufer les
    autres.

Mes affaires réglées à *Paris*, je partis,
la marquife de *Riancé* & la préfidente
d'*Obricourt*, qui avoient pris parti dans
cette affaire, tantôt pour, tantôt contre
moi, vinrent me faire leurs adieux, je
les reçus avec cette indifférence que

j'avois pour toutes les choses de la vie & je voulus leur épargner la honte de leurs procédés : une véritable amie ne condamne jamais qu'en secret : occupée à excuser les défauts de celle qu'on attaque , elle doit laisser au public le soin de prononcer , & si quelquefois elle se livre à des excès , ce ne doit être que pour faire triompher l'innocence.

Sophie entiérement rétablie, n'avoit plus que les alarmes inséparables de son état, je fis tout ce que je pus pour la consoler, mais cette amie sévere pour elle seule, se persuadoit que ses malheurs indignes d'excuses, devoient la plonger dans un chagrin, qu'elle ne perpétuoit que pour se punir.

Nous arrivâmes à *Dijon*, où mon affaire avoit fait beaucoup plus de bruit qu'à *Paris*, j'y arrangeai quelques intérêts domestiques, après quoi je partis pour *Issurtile*, petit bourg de Bourgogne, auprès duquel j'avois une maison de campagne ; ce fut là qu'entre les bras de mon fils, & dans les douceurs de l'amitié, je priai *Sophie* de continuer le détail de son histoire ; cette amie complaisante le fit en ces termes :

SUITE DE L'HISTOIRE
DE SOPHIE.

VOus vous rappelez sans doute que le perfide d'Argis & les infâmes auteurs du complot qu'il avoit formé, déciderent que je ne pouvois sauver les jours de mon pere qu'en me livrant.... devinez le reste, Madame, & épargnez-moi une image odieuse ; quelle cruelle alternative ! je promis en vain que mon pere libre, je me soumettrois à tout ce que la fureur ou le libertinage exigeroit de moi ; les barbares, qui ne cessoient de me présenter l'auteur de mes jours baigné dans son sang, vouloit que je me décidasse sur le champ, en immolant mon pere ou mon honneur ; jamais fille ne s'est trouvée dans une situation plus critique ; le sénéchal, en homme généreux, m'engageoit à repousser ces traîtres, & le courage qu'il avoit

Q 3

de se sacrifier pour moi, sembloit m'or-
donner de ne lui point obéir ; déjà le
crime se montroit moins affreux à mes
yeux, & l'obligation de conserver les
jours de mon pere, paroissoit justifier
tout ; mais que la voix de l'honneur est
puissante sur un cœur vertueux ! elle se
fit entendre de nouveau, & mes premiers sentiments reprenant le dessus,
je déclarai à ces scélérats que mon pere
m'étoit cher, que, pour épargner son
sang, je consentois de bon cœur qu'on
versât jusqu'à la derniere goutte du
mien ; mais que je me croirois indigne
de lui, s'il falloit le sauver par une lâ-
cheté criminelle. A peine ces mots furent prononcés, qu'un de ces brigands
fit tomber M. de Verbois à ses pieds ;
mon pere, à demi-mort, se leva avec
précipitation, & perça le premier
d'entre eux qu'il put joindre. Destin tu
fus juste pour cette fois ; c'étoit d'Argis ;
la mort du chef redoubla le courroux
des complices, un second coup porté
à mon pere le priva de la vie : j'ignore
si quelqu'un peut se peindre l'horreur
de ma situation. Séparée pour toujours
de l'auteur de mon être, & livrée à des
monstres odieux qui vouloient que l'om-

bre fanglante de mon pere fut témoin
d'un crime affreux , j'étois abandonnée
à des idées horribles , dont la moins
cruelle me préfentoit l'image d'une
mort prochaine , tantôt me jetant fur
mon pere , que j'arrofois de mes pleurs ,
je me laiffois emporter par une tendre
illufion , & mes maux fembloient s'a-
doucir en m'entretenant avec lui; tantôt
tournant mes regards furieux fur fes
lâches affaffins , je les chargeois d'im-
précations, & je voulois venger fur eux
la mort de M. de Verbois. D'Argis l'infâme d'Argis , étendu fur la pouffiere
teinte de fon fang , m'offroit un fpectacle dont mon cœur jouiffoit avec une
forte de plaifir; je voyois en lui l'auteur
de mes malheurs , & cruelle par excès
de vertu , j'aurois fouhaité qu'il refpirât
encore pour lui porter le coup fatal ;
cependant les brigands qui m'environnoient , croyant enfevelir leurs crimes
avec mon pere , fe difpoferent à l'en-
terrer au lieu même où leur rage venoit
de le maffacrer ; d'Argis fut jeté dans
la même foffe. Après cette horrible cé-
rémonie , la troupe meurtriere voulut
jouir du fruit de fes forfaits ; le plus té-
méraire d'entr'eux fut repouffé avec vio-

lence , mais mes forces affoiblies par
les fatigues du voyage , & par les douleurs auxquelles j'étois en proie, me permettant à peine de me défendre , il ne
me reftoit que mes pleurs , foibles armes contre des fcélérats qui ne refpi-
roient que la cruauté & le libertinage !
Inanimée & tremblante , je n'avois
plus que la force d'élever mes bras vers
le ciel , & d'implorer fa puiffance ;
priere heureufe alors ; elle fut exaucée ;
mais hélas , à quel prix ! Je ne me fau-
vai d'un crime que pour frémir fur un
autre bien plus affreux ; j'allois devenir la proie de mes ravifſeurs, quand le
bruit d'un fouët leur annonça que quelqu'un approchoit : effrayés de cet inci-
dent , ils délibéroient déjà fur le parti
qu'ils avoient à prendre , quand ils ap-
perçurent un homme qui venoit à eux
à toute bride ; les brigands font natu-
rellement timides ; la crainte s'empara
de l'efprit de ces affaffins, & ils n'eurent
que le temps de monter à cheval & de
s'enfuir. Celui à qui je devois ma liberté , & un bien plus précieux à une
ame vertueuſe, étoit un domeftique qui
précédoit le marquis d'Iviéres, (il m'apprit que fon maître fe nommoit ainfi.)

Le marquis informé de mon malheur par son laquais à qui j'en avois tr cé une esquisse légere , descendit de sa chaise avec précipitation; un ir noble , doux & poli , me prévint en sa fa eur , & je resentis une satisfaction secrette d'avoir pour libérateur un homme qui me paroissoit mériter beaucoup ; la chaise du *marquis* étoit à deux ; pressée de prendre place à côté de lui, je m'excusai long temps ; mais son ton respectueux , sa candeur , & ce que je lui devois ne tinrent point contre mes répugnances ; je consentis à suivre d'Ivieres ; & en m'attachant à lui , je croyois remplir mon inclination plus encore qu'un devoir que la nécessité m'imposoit : à peine fûmes nous en marche , que , sollicitée par le marquis de lui détailler les circonstances de mes disgraces , je lui appris par quel événement je me trouvois entre ses mains ; mais soit raison ou fausse délicatesse , je lui déguisai & mon nom & le lieu de ma naissance ; funeste prudence , tu allois entraîner tous mes maux ! Arrivés à Dijon, le marquis me fit entendre que des affaires importantes l'appelant à Langres , il étoit indispensable qu'il s'y rendit ; respectée par

Q 5

d'*Ivieres* plus encore que je n'en étois
aimée, je ne balançai pas à le suivre
dans cette ville, où il m'avoit promis
de me faire un fort heureux, en m'y
faisant entrer en couvent ; c'est fous cet
espoir qui flattoit ma douleur, même
en m'alarmant, que j'arrivai à Langres ;
j'ignore si le *marquis* y avoit des affaires
comme il me l'avoit dit ; mais je fais
que fans cesse auprès de moi, & toujours occupé du foin de me plaire, il
ne me quittoit que lorsqu'il y étoit forcé
pour me laiffer prendre un repos dont
mon ame ne jouiffoit gueres : je l'aimois avec idolâtrie, mais ma raifon qui
triomphoit de mon penchant, m'engagea
à le folliciter vivement de tenir la parole
qu'il m'avoit donnée de me mettre en
couvent ; le *marquis* plus affligé que
surpris de ma demande, fe jetant à
mes genoux, en jurant par tout ce qu'un
amour fincere reconnoît de plus facré,
qu'en reftant avec lui, je ne rifquois
ni mes mœurs ni ma vertu ; je le crus,
& le penfera-t-on d'un jeune homme
amoureux, & maître de l'objet qu'il
aime ? je ne fus point trompée ; mais le
deftin ne me laiffoit jouir du calme que
pour me faire effuyer l'orage de plus af-

freux ; le *marquis* avoit fait connoif-
fance avec un chanoine de la cathédrale,
homme eftimable qui aimoit fon devoir
& les plaifirs : il avoit à deux lieues de
la ville une maifon de campagne où
nous paffions de temps en temps quelques jours. Une indifpofition légére qui
m'avoit retenue à la maifon m'ayant
empêché d'y fuivre d'*Ivieres*, je reftai
feule avec la femme de chambre qu'il
m'avoit donnée en arrivant à *Langres*.
Tranquille au milieu de la nuit, je rê-
vois à l'horreur de la fituation dont
j'érois échappée, & je me plaifois à la
comparer aux agrémens que je goûtois
dans la compagnie d'un homme généreux qui m'adoroit, mais dont le ref-
pect furpaffoit toujours la tendreffe ;
enyvrée de ces douces idées, j'en fus
arrachée par un bruit affreux qui fe fit
entendre à la porte de la rue ; le *mar-*
quis avois emmené fon laquais , & je
n'avois que ma femme de chambre avec
moi ; je balançai long-temps fi je fe-
rois ouvrir; mais le doute où j'étois que
ce fût d'*Ivieres*, m'engagea à preffer ma
fille de defcendre ; elle courut en tremblant à la porte : funefte préffentiment
tu ne fus que trop bien confirmé.

Q 6

Ma femme de chambre eut à peine
oùvert, qu'on l'arrêta ; les auteurs de
cette action monterent enfuite à ma
chambre qui étoit fermée en dedans ,
& après quelques prieres que je ne voulus point entendre , ils pafferent aux
menaces qui ne me déterminerent pas
davantage ; tremblante cependant j'ap-
pelois le marquis ; mais comme fi ce
nom m'eût rendu plus coupable, la fureur de ceux qui étoient à la porte de
mon appartement redoubla , & fur les
nouveaux refus que je fis de leur ouvrir,
les cruels enfoncerent ma porte ; mais
quelle fut ma furprife quand je recon-
nus parmi les brigands qui empliffoient
ma chambre , le Baron de *Verbois* mon
frere ainé? le barbare, fans daigner même
me regarder, donnoit ordre qu'on m'en-
levât promptement ; je voulus me dif-
culper des foupçons odieux qu'il avoit
pu concevoir contre moi, mon hiftoire
feule affuroit mon innocence, mais le
cruel refufa de m'entendre, fous le prétexte qu'il n'aimoit point les romans :
on me traîna de ma chambre comme
une criminelle; ma fille que je demandai
ne parut point , & je fus contrainte de
partir , fans que je trouvaffe un moyen

pour inftruire le *marquis* des traitements odieux que je venois d'effuyer.

Enfermée dans une chaife avec deux cavaliers de la maréchauffée, on me fit prendre le chemin de Dijon mon frere que je demandai vingt fois pendant la route, avoit difparu & le traître alloit fans doute prendre les devants pour préparer mon malheur. Arrivée à *Dijon* au milieu de la nuit ; on me conduifit à la porte du monaftere de l'*Annonciade* où j'entrai; c'eft là que perfécutée par les religieufes & par ma famille, je n'ai trouvé le moyen de me délivrer de leurs obfeffions, qu'en faifant des vœux éternels prononcés par le cœur ; je me fis religieufe ; moment terrible, qui me rapprochant du tumulte de mes paffions, me repréfenta le marquis comme l'homme le plus aimable ! Penfionnaire dans notre couvent je me liai avec vous, & je me fouviens que je vous fis part du trouble de mon cœur, fans vous nommer l'objet qui l'agitoit ; vous fortîtes du cloître pour paffer dans les bras du *comte ;* je tais les chagrins que vous avez effuyés depuis ce jour, mais mille fois plus à plaindre que vous, la malheureufe *Sophie* s'eft vue en bute aux difgraces les plus affreufes ; jouet d'un penchant funefte, je n'ai vécu que dans les douleurs les plus ameres. Forcée de cacher les mouvements de mon cœur dans le temps même qu'ils fe foulevoient contre moi avec plus de violence, j'ai joint au malheur d'aimer le tourment de paroître infenfible : quelle fituation ! il faut en avoir fubi les horreurs pour la fentir.

Née vertueufe, j'avois des devoirs à remplir, & leur néceffité me preffoit; d'un autre côté j'aimois, & mes goûts, incompatibles avec les loix de mon état, jetoient dans mon ame une féchereffe qui, en rejailliffant fur mes devoirs, me rendoit le cloître odieux; contrainte de finir fes jours dans un état qu'elle détefte, c'eft le comble de l'infortune pour une jeune perfonne qu'on vient d'arracher au monde; toutes fes réflexions la condamnent fans la rendre plus fortunée; l'opprobre de fon état, & la victime de fes penchants, elle vit malheureufe pour mourir défefpérée : leçon utile aux filles que le dépit attire dans le cloître, plus utile encore aux parents qui forcent leurs enfants d'y entrer.

Un an fe paffa depuis votre départ dans ces alarmes continuelles, le *marquis* que je ne perdois point de vue . . .

pouvois je hélas! oublier un homme qu'
travailloit à ma liberté? d'*Ivieres* avoit
gagné une tourriere de l'extérieur du
couvent, c'eſt par elle qu'il me fit
remettre un billet par lequel ce mortel
vertueux m'aſſuroit que dans peu il me
rendroit à moi-même; inſtruit du lieu
de ma retraite, ſans ſavoir par qui j'y
avois été conduite, le *marquis*, qui
avoit craint de ſe confier à quelqu'un;
avoit ſuſpendu ſon projet juſqu'à ce qu'il
eût pu trouver une perſonne affidée à
laquelle il lui fût permis de ſe confier
en ſûreté. La Tourriere étoit une de ces
filles qui, n'embraſſant aucun parti,
vous ſervent ou vous nuiſent pour de
l'argent; fidelle au dernier qui la payoit,
elle ne trahiſſoit jamais qu'au poids de
l'or; comblée des bienfaits du *marquis*,
elle le ſervoit avec exactitude; & comme d'*Ivieres* n'avoit ni ennemi ni rival à
combattre, il fut fidélement ſervi juſqu'au bout.

Le jour heureux qui devoit m'éloigner d'un aſyle que je déteſtois, & qui
n'eſt pas toujours celui de la vertu pour
celles mêmes que leur propre mouvement y a conduites, le *marquis* fut in-
troduit dans le couvent par la Tourriere
qui, l'ayant revêtu d'un habit de Ma-

çon , le confondit avec une foule de ces
ouvriers qui travailloient alors dans le
jardin du couvent ; aucun n'étoit pré-
venu , & d'*Ivieres* , qu'on ne remarqua
peut-être pas , devoit passer pour un
nouveau garçon que l'entrepreneur qui
étoit absent avoit envoyé. Le *marquis* ,
après avoir paru occupé pendant quelque
temps , passa dans un souterrain qui lui
avoit été indiqué , & où j'étois préve-
nue qu'il devoit se rendre : je l'attendois
avec inquiétude, & je le vis avec plaisir,
notre reconnoissance fut tendre sans être
criminelle. D'*Ivieres* me remit un habit
pareil au sien , qu'il avoit apporté dans
son sac : & tandis que j'étois occupée à
me déguiser, il étoit sur la porte du
souterrain à épier l'instant favorable
pour notre sortie : j'étois à peine habil-
lée , que le moment arriva : nous partîmes du souterrain à petit bruit , &
nous nous tînmes près d'un mur du
jardin , où nous feignîmes de travailler
jusqu'à l'heure que le dîner forçoit les
ouvriers de sortir du couvent : pour pro-
fiter de la confusion , nous nous mélâ-
mes dans la bande des maçons , & déjà
nous avions traversé deux portes, quand,
arrêtés à la derniere par la religieuse qui
observoit exactement tous ceux qui for-

toient, je fus reconnue pour la mere
Sophie ; on m'arrêta avec éclat : le *marquis*, que sa fureur trahissoit, voulut
en vain m'arracher des bras des religieuses qui seconderent bientôt la por-
tiere : saisis lui-même par les maçons
qui l'environnoient, il ne put s'échap-
per qu'en tirant en l'air un coup de
pistolet qui mit la bande en fuite : les
religieuses rentrerent avec leur proie, &
je dévins la victime des punitions les plus
féveres. Mon châtiment dura trois mois,
après lequel un repentir au moins appa-
rent me rendit à mes compagnes & à
mes devoirs. La Tourriere, instruite
que j'étois libre, avertit bientôt d'*Ivieres* qui, se reprochant les nouvelles difgraces que j'avois essuyées, crut qu'il
ne pouvoit m'en faire perdre le souvenir, qu'en travaillant efficacement à me
procurer la liberté : tous ses soins se
tournerent vers cet objet : & le sort, qui
sembloit me réserver un crime, ne les
rendit pas toujours inutiles.

Le *marquis* informé qu'un marchand
de vin de *Dijon* devoit reprendre chez
les *Annonciades* une certaine quantité
de tonneaux vuides, alla trouver cet
homme qu'il persuada avec de bonnes

raisons & de l'argent comptant ; instruite par la tourriere de l'arrangement que le *marquis* avoit pris avec le marchand, je trouvai le moyen de me glisser dans la cave où étoient les tonneaux, quelques minutes avant que le marchand y arrivât ; un numéro en craie blanche, jeté au hazard sur le tonneau dans lequel j'étois entrée en enfonçant les douves du derriere qui touchoient la muraille, étoit le signal convenu. Les nones introduisirent le marchand & les manœuvres qui le suivoient dans la cave ; témoins assidus des opérations de ces ouvriers, elles auroient sans doute empêché l'exécution du projet, si le marchand de vin, impatient ne se fût emporté contre ses gens ; sa colere peu tranquille se manifesta par des mots grossiers qui mirent les surveillantes en déroute ; libres alors, les ouvriers prévenus travaillerent à mettre en place des douves qu'ils avoient apportées exprès pour substituer à celles que j'avois été obligée d'enlever.

La manœuvre ne fut pas longue, on transporta doucement le tonneau dans lequel j'étois, & le bondon qu'on avoit eu soin d'ôter, m'empêchoit de suf-

foquer en me permettant de refpirer
l'air ; les opérations finies on fortit , &
j'arrivai peu fatiguée dans la maifon du
marchand de vin où le *marquis* m'attendoit avec des habits convenables à mon
fexe , & plus conformes à mon goût.

La crainte d'être découvert pour l'auteur de ce fecond enlevement , l'obligea
de partir le même jour ; nous quitâmes
Dijon pour nous rendre au *Valde Suzon,*
où un ami particulier d'*Ivieres* lui avoit
prêté une petite maifon ; la mode com-
mençoit alors à les mettre en vogue , &
tout jufqu'aux gens de robe fe piquoient
d'en avoir. Arrivés à cette campagne ,
nous n'eûmes d'autres foins que de nous
témoigner par les careffes les plus tendres & les moins indécentes , combien
nous nous devions l'un à l'autre ; le
marquis n'étoit point un de ces hommes
préfomptueux & ingrats , qui , ne vous
vantant que les fervices qu'ils vous ont
rendus , oublient qu'une femme n'a pu
les recevoir qu'en expofant fouvent fon
honneur & fa vie.

D'*Ivieres* auffi amoureux , mais plus
preffant qu'il ne l'avoit été à *Langres* ,
me parla de fon amour avec des expref-
fions qu'il n'avoit pas employé juf-

qu'alors ; fes vertus m'avoient toujours été cheres ; fon attachement me fut fenfible, & fous l'efpoir d'une union facrée, j'allois me plonger dans le crime….. à ce mot, les femmes vont fe récrier, accoutumées à voir leurs goûts confacrés par la mode, elles penfent que c'eft une erreur de taxer de crime un penchant qu'elles veulent qu'on prenne pour une foibleffe qu'un mortel généreux autorife, je fais féparer le vice d'avec une paffion ; mais un goût eft en vain fondé fur le fentiment, quand le crime fuit, je ne le diftingue point de ces viles complaifances qui, en deshonorant celle qui les prodigue, aviliffent celui qui en eft l'objet. Lorfque je dis que j'allois me plonger dans le crime, je parle d'une action affreufe, dont le détail feul vous fera frémir ; vivement preffée par le *marquis*, ma rougeur, mon trouble, des yeux que l'idée du plaifir égaroit, tout enfin trahiffoit ma vertu pour fervir mon amant, & déjà fes foupirs, avant-coureurs de la volupté, lui traçoient fon bonheur. D'*Iviéres*, vainqueur de ma réfiftance, ne retardoit l'inftant heureux que pour mieux en

fentir la délicateffe ; peu d'hommes con-
noiffent ce fentiment , c'eft le fel de
l'amour ; plus conftant que le plaifir
que l'idée vulgaire y attache , il s'ac-
croît avec lui , l'efprit le nourrit , &
fouvent même la raifon le foutient. Le
marquis affez ingénieux pour prévoir ce
qui échappe prefque toujours au commun des hommes , fe plaifoit à affai-
fonner fon bonheur par des retarde-
ments qu'il fembloit vouloir détruire
même en les faifant naître ; l'inftant
qui alloit m'attacher inviolablement au
marquis , arrivoit , & nous étions déjà
dans le parc ; occupé à me faire remarquer les merveilles de la nature , d'*I-
vieres* vouloit que toutes fes productions
ferviffent à fes plaifirs , & les chants
mélodieux des oifeaux , qui fe mêloient
à nos foupirs , nous invitoient à jouir
inceffament du bonheur qu'ils célé-
broient ; couchés languiffamment fur
un gazon émaillé des fleurs les plus
belles , nous infultions au papillon léger
qui les parcouroit toutes fans fe fixer à
aucune : le *marquis* livré tout entier
aux charmes de la volupté qu'il alloit
goûter , abandonnée moi même à cette
illufion enchantereffe , qui prévient la

tendreffe la plus vive, je me préparois
à oublier dans les bras de mon amant,
& mes malheurs paffés, & les dangers
de l'avenir, quand le fenfible d'*Ivières*,
retardant encore l'inftant de fes plaifirs,
exigea de ma complaifance que je lui
découvriffe les particularités de mon
hiftoire, que la feule bienféance m'avoit
mis dans le cas de lui cacher jufqu'ici.
Se taire à fon amant eft une perfidie,
j'aurois cru commettre un crime en ne
fatisfaifant pas le *marquis*; mais à peine
eus-je avoué le lieu de ma naiffance &
mon nom, que d'*Ivières* en fureur fe
jetant fur fon épée, voulut fe poi-
gharder à mes yeux : jugez de ma furprife ; d'où peut venir, cher amant,
lui dis-je, en l'arrêtant, cet horrible
deffein ? qui l'infpire ? mon crime, re-
partit-il, & quel crime encore ? vous
voyez dans votre frere le plus malheureux de tous les hommes ; mon frere,
jufte ciel ! ah, que dites vous ? de grace
éclairciffez ce myftere funefte ? De-
mandez plutôt, repliqua-t-il, qu'il
refte enfeveli pour jamais dans un oubli
profond. La barbarie d'un pere dénaturé
a tout fait : exilée, vous ne l'ignorez
pas, de la maifon paternelle, à l'âge

de cinq ans, j'ai été élevée dans une campagne jufqu'à quinze ; c'eft à cet époque heureufe, jufqu'à ce jour, que j'allois devoir le plus grand des malheurs ; j'entre au fervice en qualité de foldat, la guerre portée en Allemagne me donne des occafions de me fignaler, je prends prifonnier le tréforier de l'armée du *prince Eugene*, quand, preffé de jouir de fa liberté & de fa fortune, cet homme me donna deux cent mille livres, partie en argent comptant, en pierreries , & le refte en lettre de change fur les banquiers les plus accrédités de la Hollande : j'achete mon congé, & muni des paffeports néceffaires, je prends la pofte à dix lieues du camp, pour me rendre à *la Haye*; je trouve mes banquiers qui me comptent de l'argent je prends par *Breda*, & par *Bruxelles*, la route de la *Flandre Françoife :* j'arrive à *Paris*, où je me fais appeler le marquis d'*Ivieres*, j'y demeure quelques jours, delà, je viens en *Bourgogne* pour me préfenter à mon pere , & pour voir fi fes entrailles fe remueront en faveur d'un fils qui ne demandant que des fentiments tendres ,

veut partager fa fortune avec lui, je
vous trouve, vous fçavez le refte.

Ce difcours que j'avois vingt fois in-
terrompu par mes fanglots, fut à peine
achevé, que me jetant aux pieds de
mon frere, je le priai de s'éloigner
pour jamais d'une fœur malheureufe qui
alloit être l'auteur de fes maux ; qui
moi ! s'écrioit le chevalier de *Verbois*,
nom funefte, qu'il n'auroit jamais dû
quitter ; qui, moi, t'abandonner ! Ah,
connois mieux ton frere ! cependant,
reprenoit il, en m'arrofant de fes pleurs,
puis-je vivre avec vous fans crime ; &
le ciel témoin de mes forfaits permet-
troit il.... eh, non, ceffons de nous
abufer ! nous ferions trop coupables
pour vivre heureux enfemble ; choififfez
un afyle, je vous y ferai un fort auffi
doux que votre état pourra le goûter,
tandis que déteftant ma vie, j'irai chercher la mort dans un climat étranger,
où le deftin ne me préparera pas fans
doute de nouvelles difgraces dans de
nouveaux forfaits ; féparons-nous donc
repris-je, féparons-nous, *chevalier*,
puifque le ciel, le commande, & que
privés pour toujours du plaifir de nous
voir,

voir , nous puiſſions oublier juſqu'à
l'amour qui nous ſépare : l'abbé *Lally*
eſt un homme vertueux (c'étoit le
chanoine de *Langres* avec lequel mon
frere étoit étroitement uni ,) il connoît
la force de l'amitié ; engagez-le à me
conduire dans un couvent , où j'atten-
drai que la cour de Rome , me par-
donnant mes premiers écarts , me per-
mette de faire de nouveaux vœux dans
le monaſtere que vous choiſirez ; nous
partîmes du *Val-de-Suzon* pour nous
rendre à *Langres* , voyage imprudent
qui me cauſa de nouveaux malheurs ;
l'abbé *Lally* fut dans notre confidence ;
cet ami généreux ſe chargea d'obtenir
ce que j'attendois de Rome , & mon
frere qui lui laiſſa douze mille livres ſur
ſa table , partit en lui remettant le billet
ſuivant.

Vous connoiſſez mon amour, cher ami ,
je pars pour le perdre de vue ; n'oubliez
jamais un malheureux , que pour donner
tous vos ſoins à la tranquillité de ſa
ſœur ; je vous laiſſe un fonds ſuffiſant
pour la dot de Sophie, ou pour une pen-
ſion viagere , en cas quelle vînt à ſortir
du cloître. Adieu, puiſſe-t-elle m'oublier !

je sens par mes agitations que son repos en depend.

L'abbé me lut ce funeste billet ; je mêlai mes larmes à celles que mon frere avoit répandues en l'écrivant, & soumise absolument aux sages conseils de *Lally*, je me déterminai à le suivre au monastere des Urselines de *Chaumont*, c'est l'asyle que cet ami venoit de me destiner. Mon frere aîné, qui depuis ma fuite de l'*Annonciade*, avoit placé des espions dans toute la *Bourgogne*, & dans les pays voisins, n'avoit pas oublié *Langres* ; nous fûmes vendus, & j'étois à peine arrivée dans le parloir des Urselines, que je fus arrêtée en vertu d'un ordre du subdélégué de l'intendant de Champagne : mon frere étoit, comme la premiere fois, à la tête de la maréchaussé ; l'abbé eût beau le presser de se rendre aux desirs du ciel, qui m'appeloit dans ce cloître, *Vérbois* insensible me fit traîner dans une chaise, où il monta en ordonnant au postillon de prendre la route de *Paris* ; mon frere inflexible refusa de m'entendre & de répondre aux questions intéressantes que je lui faisois, nous arrivâmes à *Paris* fans que j'euffe pu lui arracher une parole ; qu'elle cruauté ! étoit-ce celui du *chevalier* ? Pardonne, ô ciel, fi je profere encore ce nom !

Nous defcendîmes à la porte du *bon pafteur*, & mon frere, après avoir donné quelque argent à la fupérieure, me jeta un regard févere, & partit. Charmée d'être dans un couvent, je me félicitois de mon fort, quand j'appris que le *bon pafteur* étoit une maifon de repentir, où le libertinage & la débauche venoient recevoir le prix de leurs écarts. Indignée d'abord d'être confondue avec des femmes diffolues, je me rappelai l'horreur du crime auquel j'étois échappée, & je me trouvai trop heureufe encore. Votre arrivée dans cette maifon ne contribua pas peu à me tranquillifer. Vous étiez innocente, & j'ofai me rapprocher de votre état. Quelque vif que fut l'intérêt que je pris à votre liberté, il fut un inftant où je ne la vis pas fans inquiétude. Seule dans cette maifon affreufe, j'allois me livrer à mon premier défefpoir, quand vos bontés m'en arracherent. Vos confeils ont gravé dans mon cœur l'oubli d'une paffion funefte ; & ramenée à moi-même par la raifon, j'ai perdu de vue mes difgraces pour n'être occupée que des vôtres : trop heureufe, fi en les partageant, je pouvois en adoucir l'amertume : foulager vos malheurs, c'eft effacer les miens.

Fin de l'hiftoire de Sophie.

Il y avoit déjà fix mois que j'étois dans cette campagne, occupée à confoler *Sophie*, qui, de fon côté, faifoit fes efforts pour que je perdiffe de vue le fouvenir de mes malheurs, quand la mort de mon aïeul, le baron de *Verman*, me ramena à *Dijon*. *Sophie* & mon fils qui touchoit à fa cinquieme année, m'y fuivirent. Ce fut à-peuprès dans ce temps que cette malheureufe fille fut relevée des vœux que la violence & la crainte lui avoient arrachés. La fucceffion de M. de *Verman* fubftituée au petit marquis de *Courmont*, m'engagea comme tutrice de mon fils, dans un procès avec le préfident de *Némival*, qui fe prétendoit auffi héritier du *baron*. L'affaire ne pouvant fouffrir un accommodement, on plaida.

La caufe, qui devoit fe réduire à la feule queftion de favoir fi M. de *Verman* avoit pu fubftituer à mon fils, ou non, fut embellie par le défenfeur de M. de *Némival ;* & d'une fimple queftion de droit, fon avocat eut la témérité de vouloir paffer à ma conduite : quelque irréprochable qu'elle fut, l'avocat du préfident ofa l'attaquer : travers odieux, qui me furprit moins que la patience des juges. L'affaire de mon fils devint bientôt la mienne. Forcée même, pour arrêter les foupçons du public, de me juftifier fur l'événement qui avoit éloigné mon mari, je me vis obligée de foutenir un procès criminel dans une affaire civile, & qui m'étoit prefque étrangere. Triomphante de toutes les fauffes accufations qui m'étoient imputées, j'eus l'agrément d'humilier les défenfeurs de *Némival*, & de gagner le procès de mon fils. Certains avocats dans quelques parlements de France, croient n'acquérir une forte de célébrité, qu'en donnant un air de fingularité à une caufe fimple : accoutumés à faire briller leur efprit aux dépens de la réputation des parties dont ils conteftent les droits, ils penfent

ne mériter un nom , qu'en mettant des
perfonnalités injurieufes dans les ma-
tieres qu'ils traitent. *Paris* délivré aujourd'hui de ces hommes dangereux ,
eft un modele que les parlements de-
vroient imiter pour la gloire du barreau,
& l'honneur de l'humanité.

Je venois de choifir pour mon fils
un précepteur habile, qui joignoit le
ton de la bonne compagnie aux connoiffances & aux mœurs ; & je me dif-
pofois à l'emmener à *Iffurtille*, lorfqu'un
événement imprévu m'arrêta tout-à-
coup. Les gazettes étrangeres que je
lifois exactement depuis le départ de
mon mari, m'apprirent un événement
finiftre , auquel je manquai de ne pas
furvivre. Inftant fatal ! vous réuniffez
toutes mes difgraces dans un feul point
de vue.

Les nouvelles d'*Amfterdam*, que je
parcourus , m'offrirent le nom du
comte. Surprife & agitée , je pris l'ar-
ticle qui le concernoit , & j'y lus ces
mots que je baignai des larmes les plus
ameres : *Le comte de Courmont, à qui le
châtelet avoit fait le procès, il y a près de
deux ans, & qui s'étoit évadé, comme
nous l'avons obfervé dans fon temps,*

vient d'être arrêté à Thionville, & *tranf-féré à Paris où il doit avoir la tête tranchée.*

Ah ciel ! m'écriai je toute éplorée, mon époux ne vit plus ! un bourreau cruel vient de répandre un fang qui ne devoit couler que pour le falut de l'état ! Mais peut-être je m'abufe, fes juges font équitables, ils le fauveront ; allons, courons à lui, & tâchons, s'il en eft temps encore, de faire triompher l'innocence, de rendre un guerrier à la patrie, un pere à mon fils, & un époux à la plus infortunée de toutes les femmes.

Sophie & le précepteur du *marquis* entrerent dans le même inftant : la gazette qu'ils trouverent à mes pieds, ne leur laiffa plus ignorer le fujet de mon trouble : l'efpoir qu'ils fe plaifoient à nourrir dans le fond de mon ame, ne fervoit qu'à me faire voir mon malheur de plus près : nous partîmes dans le moment pour *Paris*, où j'allois fans doute effuyer la plus funefte des difgraces.

Fin de la feconde partie.

R 4